L'HOMME-

PLANTE.

In frondem crines, in ramos Bracchia
crescunt.

Ovid. Metam. L. 1. v. 550.

A POTSDAM

Chez Chretien Frederic
Voss.

Préface.

L'Homme est ici métamorphosé en Plante, mais ne croïez pas que ce soit une fiction dans le goût de celles d'Ovide. La seule Analogie du Règne Végétal, & du Règne Animal, m'a fait découvrir, dans l'un les principales Parties qui se trouvent dans l'autre. Si mon Imagination joüe ici quelquefois, c'est, pour ainsi dire, sur la Table de la Uérité; mon Champ de Bataille est celui de la Nature, dont il n'a tenu qu'a moi d'être assés peu singulier pour en dissimuler les varietés.

A 2   L'HOM-

L'HOMME-
PLANTE.

NOus commençons à entrevoir l'Uniformité de la Nature: ces rayons de Lumière, encore foibles, font dûs à l'étude de l'Histoire Naturelle; mais jusqu'à quel point va cette uniformité?

Prenons garde d'outrer la Nature, elle n'est pas si uniforme, qu'elle ne s'écarte souvent de ses loix les plus favorites: tachons de ne voir que ce qui est, sans nous flatter de tout voir: tout

                              est

est piège ou écueil pour un esprit vain ou peu circonspect.

Pour juger de l'analogie qui se trouve entre les deux principaux Règnes, il faut comparer les Parties des Plantes avec celles de l'Homme, & ce que je dis de l'Homme, l'appliquer aux Animaux.

Il y a dans notre Espèce, comme dans les Végetaux, une Racine principale & des Racines Capillaires. L'Estomac, les Entrailles, avec tout leur domaine vasculeux, forment l'une, & les Veines Lactées sont les autres. Mêmes usages, mêmes fonctions par tout. Par ces Racines, la nourriture est portée dans toute l'étenduë du Corps Organisé.

L'Homme n'est donc point un Arbre ren-

renverſé, dont le Cerveau ſeroit la Racine, puisquelle réſulte du ſeul concours
des Vaiſſeaux Abdominaux qui ſont les
prémiers formés ; du moins le ſont-ils
avant les Tégumens qui les couvrent,
& forment l'Ecorce (1) de l'Homme.
Dans le Germe de la Plante, une des
prémières choſes qu'on aperçoit, c'eſt
ſa petite Racine, ensuite ſa Tige ; l'une
deſcend, l'autre monte.

Les Poumons ſont nos Feuilles ;
Elles ſuppléént à ce Viscère dans les Vè-
gétaux, comme il remplace chez nous

A 4 les

(1) - - - - - Mediaque manente
medulla,
Sanguis it in ſuccos, in magnos bracchia ramos,
In parvos digiti ; Duratur cortice
pellis.
Ovid. Metam. L. X. Fab. 9. v. 492.

les Feuilles qui nous manquent. Si ces Poumons des Plantes ont des Branches, c'est pour multiplier leur étendüe, & qu'en consèquence il y entre plus d'Air ; ce qui fait que les Végetaux, & sur tout les Arbres, en respirent en quelque sorte plus à l'aise. Qu'avions nous besoin de Feuilles & de Rameaux ? La quantité de nos Vaisseaux & de nos Vésicules Pulmonaires, est si bien proportionnée à la masse de notre Corps, à l'étroite circonference qu'elle occupe, qu'elle nous suffit. C'est un grand plaisir d'observer ces Vaisseaux & la Circulation qui s'y fait, principalement dans les Amphibies !

Mais quoi de plus ressemblant que ceux qui ont été découverts & décrits par les Harvées de la Botanique !

Rœsch,

PLANTE. 9

Ruysch (a), Boerhaave (b) &c. ont trouvé dans l'Homme la méme nombreuse suite de Vaiſſeaux, que Malpighi (c) Loewenhoeck (d), van Royen (e) dans les Plantes ? Le Cœur bat-il dans tous les Animaux ? Enfle t'il leurs Veines de ces ruiſſeaux de Sang qui portent dans toute la Machine le Sentiment & la Vie ? La chaleur, cet autre Cœur de la Nature, ce feu de la Terre & du Soleil, qui ſemble avoir paſſé dans l'Imagination des Poëtes qui l'ont peint ; ce

A 5

feu

(a) *Thes. Anat.*
(b) *Inſt. Med.*
(c) *Anat. Plant.*
(d) *Arcan. Nat.*
(e) *Dans une Tèſe, qu'il ſoutint à Leyde, l'An 1730, á ce que je crois, & dans ſon Poëme ſur le mariage des Plantes.*

feu, dis je, fait également circuler les sucs dans les tuyaux des Plantes, qui transpirent (a) comme nous. Quelle autre Cause en effet pourroit faire tout germer, croitre, fleurir & multiplier dans l'Univers?

L'Air paroît produire dans les Végètaux les mêmes effets qn'on attribué avec raison dans l'Homme, à cette subtile liqueur des Nerfs, dont l'existence est prouvée par mille Expèriences.

C'est cet Elément, qui par son irritation & son ressort fait quelque fois s'élèver les Plantes (b) au dessus de la surface des Eaux, s'ouvrir & se fermer, comme on ouvre & ferme la main : Phéno-

(a) v. *Hales* Stat. des Végét.
(b) *Sur tout le* Nénuphar, *ou le* Nymphea.

Phénomène dont la consideration a peut être donné lieu à l'opinion de ceux †
qui ont fait entrer l'Ether dans les Esprits Animaux, aux quels il seroit mêlé dans les Nerfs.

Si les fleurs ont leurs feuilles, ou *Pétales*, nous pouvons regarder nos Bras & nos Iambes, comme de pareilles Parties. Le *Nectarium*, qui est le Réservoir du Miel dans certaines Fleurs, telles que la Tulippe, la Rose &c. est celui du Lait dans la Plante Fémelle de nôtre Espèce, lorsque le Mâle la fait venir. Il est double, & a son siège à la baze latérale de chaque *Pétale*, immédiatement sur un Muscle considérable, le Grand Pectoral.

A 6   On

† *Tels que M. Quesnay,* Econom. Anim.

On peut regarder la Matrice Vierge, ou plutôt non Grosse, ou, si l'on veut, l'Ovaire, comme un Germe qui n'est point encore fécondé. Le *Stylus* de la femme est le Vagin ; la Vulve, le Mont de Venus avec l'odeur qu'exhalent les Glandes de ces parties, répondent au *Stigma* : et ces choses, la Matrice, le Vagin & la Vulve forment le *pistille* ; nom que les Botanistes Modernes donnent à toutes les Parties Fémelles des Plantes.

Je

* Le Pistille *est un tube formé par l'assemblage de divers tuïaux, ouverts & larges à une de leurs extrémités, mais se terminant de l'autre (celle qui répond à l'Etamine) dans une ou plusieurs cavités, où se trouvent de petits œufs ronds.* Le Pistille

Je compare le *Péricarpe* à la Matrice dans l'état de Grossesse, parce-qu'elle sert à envelopper le Fœtus. Nous avons notre *Graine*, comme les Plantes, & elle est quelquefois fort abondante. Mauriceau parle d'une Femme qui accoucha de 5. enfans ; on demanda à son Mari, pourquoi il n'avoit pas fait le sixiéme; il dit que le pié lui avoit glissé dans l'action (1).

Le *Nectarium* sert à distinguer les Sexes dans notre Espèce, quand on veut se contenter du prémier coup d'œil,

 mais

ou le Stylus, *si l'on veut faire deux noms, sont contenus dans l'enceinte des feuilles du Pistille, qui les tiennent à leur abry.*

(1) v. *Le Traité des Accouchemens de cet Auteur.*

mais les recherches les plus faciles ne font pas les plus sûres ; il faut joindre le *Pistille* au *Nectarium*, pour avoir l'Essence de la Femme ; car le prémier peut bien se trouver sans le second, mais jamais le second sans le prémier, si ce n'est dans des hommes d'un embonpoint considérable, & dont les Mammelles imitent d'ailleurs celles de la Femme, jusqu'à donner du Lait, comme Morgagni (2) & tant d'autres en rapportent l'Observation. Toute Femme imperforée, si on peut appeller Femme, un Etre qui n'a aucun Sèxe, telleque celle dont parle un Auteur (3), n'a

point

(2) *Advers. Anat.*

(3) *L'auteur d'un Livre, qu'on m'a attribué, comme tant d'autres, que je n'ai pas faits. En voici la Liste,*

point de Gorge ; c'est le Bourgeon de la Vigne, sur tout cultivée.

Je

ste, l'Homme Machine, Traité de la Matérialité de l'Ame, l'Homme plus que Machine, Essai de M. S. sur le Mérite & la Vertu, Les Pensées Philosophiques, Histoire de la Cour de Perse, Relationes ex Belgio in Parnassum *&c. Pour peu qu'on soit versé dans la Littérature & dans la seule connoissance des Auteurs, on voit que je suis, comme Mr. de* Voltaire *le dit de* Newton (Lettr. Philosophiq.) *l'Hercule de la Fable, a qui l'on attribue tout les faits des autres Héros.* Il n'est pas nécessaire d'en dire ici davantage : *Peut-etre réprondrai-je quelque jour à ces bons Chrétiens, qui m'ont si pieusement calomnié dans l'Avis au Lecteur des* Pensées Chrétiennes, mises en Parallèle,

Je ne parle point du *Calice* ou plûtôt du *Corolle** parcequil est ètranger chez nous, comme je le dirai.

C'en est assez, car je ne veux point aller sur les brisées de Corneille Agrippa (1). J'ai décrit Botaniquement la plus belle Plante de notre Espece, je veux dire la Femme : Si elle est Sage, quoique Métamorphosée en fleur, elle n'en sera pas plus facile à cueillir. Pour rallèle, ou en opposition avec les Pensées Philosophiques.

* *Toutes les feuilles prises ensemble, se nomment* Corolle ; *Separément,* Pétales. *v. L'Anthologie de Pontédera, van R.* Connub. Plant. Linæus, Fundam Botan. Gesner &c.

(1) *Voiez son* Traité de la Prééminence des Femmes.

Pour nous autres Hommes, sur les-
quels un coup d'oeil suffit, Fils de Pri-
ape, Animaux Spermatiques, notre *Eta-*
mine est comme roulée en Tube Cy-
lindrique, c'est la *Verge*; & le Sperme
est notre *Poudre fécondante*.   Sem-
blables à ces Plantes, qui n'ont qu'un
Mâle, nous sommes des *Monandria*:
les Femmes sont des *Monogynia*, parce
qu'elles n'ont qu'un Vagin.   Enfin le
Genre Humain, dont le Mâle est séparé
de la Fémelle, augmentera la Classe des
Diecia: Je me sers des mots dérivés
du grec, & imaginés par Linœus.

I'ai cru devoir exposer dabord l'-
Analogie qui régne entre la Plante & l'-
Homme dèjà formés, parcequ'elle est-
plus sensible & plus facile à saisir,

En

En voici une plus Subtile, & que je vais puiser dans la Génération des deux Régnes.

Les Plantes sont Mâles & Fémelles & se secoüent comme l'Homme dans le Congrés. Mais en quoi consiste cette importante action qui renouvelle toute le Nature? Les Globules infiniment petits qui sortent des Grains de cette Poussière dont sont couvertes les Etamines des Fleurs, sont enveloppés dans la Coque de ces Grains, à peu prés comme certains Oeufs, selon Néedham & la vèrité. Il me semble que nos gouttes de Semence ne répondent pas mal à ces Grains & nos Vermisseaux à leurs Globules. Les Animalcules de l'Homme sont véritabliment enfermés dans deux liqueurs, dons la plus com-

mune

mune, qui eſt le Suc des Proſtates, en-
velope la plus précieuſe, qui eſt la Semence proprement dite ; & à l'exemple de chaque Globule de Poudre Végéta-
ils contiennent vraiſemblabement la
Plante Humaine en Mignature.   Ie
ne-ſai pourquoi Néedham s'eſt aviſé
de nier ce quil eſt ſi facile de voir.
Comment un Phyſicien ſcrupuleux, un
de ces prétendus Sectateurs de la ſeule
Expérience, ſur des Obſervations faites
dans une espèce, oſe t'il conclure que
les mêmes Phénomènes doivent ſe
rencontrer dans une autre, quil n'a cependant point obſervée, de ſon
propre aveu ? De telles Concluſions
tirées pour l'honneur d'une Hypotèſe, dont on ne hait que le nom, faché
que la Choſe n'ait pas lieu, de telles concluſions,

clufions, disje, en font peu à leur Auteur.   Un Homme du mérite de
Néedham, avoit encore moins bèfoin
d'exténuer celui de M. Géoffroy, qui, autant que j'en puis juger par fon Mémo-
ire fur la Structure & les principaux u-
fages des Fleurs, a plus que conjecturé
que les Plantes étoient fécondées par la
Pouffière de leurs Etamines. Ceci foit
dit en paffant.

Le liquide de la Plante diffout
mieux qu'aucun autre, la Matiére qui
doit la féconder ; de forte qu'il n'y a
que la Partie la plus fubtile de cette
Matière qui aille frapper le but.

Le plus fubtil de la Semence de
l'Homme, ne porte t'il pas de même
fon Ver ou fon petit Poiffon, jusques
dans l'Ovaire de la Femme?

Né-

Néedham compare l'action des Globules fécondans à celle d'un Eolipile violemment échauffé. Elle paroit aussi semblable à une espèce de petite Bilevèsée, tant dans la Nature même ou dans l'Observation, que dans la Figure que ce Jeune & Illustre Naturaliste Anglois nous a donnée de l'Ejaculation des Plantes.

Si le Suc propre à chaque Végetal produit cette action d'une manière incompréhensible, en agissant sur les Grains de Poussière, comme l'eau simple fait dailleurs, comprenons nous mieux comment l'Imagination d'un Homme qui dort, produit des Pollutions, en agissant sur les Muscles Erecteurs & Ejaculateurs, qui, même seuls & sans le secours de l'Imagination, occasionnent

nent quelquefois les mêmes Accidents ?
Amoins que les Phénomènes qui s'of-
frent de part & d'autre, ne vinssent
d'une même Cause, je veux dire d'un
Principe d'irritation, qui après avoir
tendu les ressorts, les feroit se débander.
Ainsi l'Eau pure, & principalement le
liquide de la Plante, n'agiroit pas autre-
ment sur les Grains de Poussière, que
le Sang & les Esprits sur les Muscles &
lesRéservoirs de la Semence.

L'Ejaculation des Plantes ne dure
qu'une Seconde ou deux; la nôtre dure
t'elle beaucoup plus ? Je ne le crois
pas : quoique la Continence offre ici
des Variètés qui dépendent du plus ou
moins de Sperme amassé dans les Vésicules Séminales. Comme elle se fait
dans l'Expiration, il falloit qu'elle fût

courte

ourte. Des plaisirs trop longs eussent
été nôtre Tombeau. Faute d'Air ou d'
Inspiration, chaque Animal n'eût donné
la Vie qu'aux dépens de la sienne propre, & fût véritablement mort de plaisir.

Mêmes Ovaires, mêmes Oeufs, même Faculté Fécondante. La plus petite
goute de Sperme contenant un grand
nombre de vermisseaux, peut, comme
on l'a vû, porter la Vie dans un grand
nombre d'Oeufs.

Même Stérilité encore, même Im-
puissance des deux côtés. S'il y a peu
de Grains qui frappent le but, & soient
vraiment féconds, peu d'Animalcules
percent l'Oeuf Féminin. Mais dès qu'
une fois il s'y est implanté, il y est nour-
ri, comme le Globule de Poudre, & l'un

&

& l'autre forment avec le tems l'Etre
de son Espéce, un Homme & une
Plante.

Les Oeufs, ou les Graines de la
Plante mal à propos appellés *Germes*, ne
deviennent jamais Fœtus, s'ils ne sont
fécondés par la Poussière dont il s'agit;
de même une Femme ne fait point d'Enfans, à moins que l'Homme ne lui lance
l'Abrégé de lui même au fond des Entrailles.

Faut-il que cette Poussière ait ac-
quis un certain degré de maturité pour
ête féconde ? La Semence de l'Homme
n'est pas plus propre à la Génération
dans le jeune Age, peut être parceque
notre petit Ver seroit encore alors dans
un état de Nymphe, comme le Tra-
ducteur de Needham l'a conjecturé.

La

La même chose arrive, lorsqu'on est ex-
trémément épuisé, sans doute parceque
les Animalcules mal nourris meurent ou
du moins sont trop foibles. On séme
en vain de telles graines, soit Animales
soit Végetales, elles sont stériles & ne
produisent rièn.   La Sagesse est la
Mére de la fécondité.

L'Amnios, le Chorion, le Cordon
Ombilical, la Matrice &c. se trouvent
dans les deux Régnes.   Le Fœtus
Humain sort il enfin par ses propres ef-
forts de sa Prison Maternelle ? Celui des
Plantes, ou, pour le dire Néologiquement
la Plan te *Embrionnée* tombe au moin-
dre mouvement, désqu'elle est mûre :
C'est l'Accouchement Végetal.

Si l'Homme n'est pas une produc-
tion Végétale, comme l' *Arbre de Diane*

B   &

& autres, c'est du moins un Insecte qui
pousse ses Racines dans la Matrice, comme le Germe fecondé des Plantes dans
la leur.   Il n'y auroit cependant rien
de surprénant dans cette idée, puisque
Néedam observe que les Polypes, les
Bernacles & autres Animaux se multiplient par Végetation.   Ne taille t'on
pas encore, pour ainsi dire, un Homme
comme un Arbre?   Un Auteur universellement Savant l'a dit avant moi.
Cette Forêt de beaux Hommes qui couvre la Prusse, est dûe aux foins & aux
recherches du feu Roi.   La Générosité
réussit encore mieux sur l'Esprit; elle en
est l'aiguillon, elle seule peut le tailler,
pour ainsi dire, en Arbres des Jardins de
Marli, & qui plus est, en Arbres, qui, de
Stériles qu'ils eussent été, porteront les
plus

plus beaux fruits. Eſt-il donc ſurpré-
nant que les Beaux Arts prennent au-
jourd'hui la Pruſſe pour leur Pais Natal?
& l'Esprit n'avoit-il pas droit de s'attendre aux avantages les plus flatteurs,
de la part d'un Prince qui en a tant?

Il y a encore parmi les Plantes des
Noirs, des Mulâtres, des taches où l'-
Imagination n'a point de part, ſi ce n'eſt
pent être dans celle de Mr. Colonne.
Il y a des Pannaches ſinguliers, des
Monſtres, des Loupes, des Goëtres, des
Queuës de Singes & d'Oiſeaux, & enfin
ce qui forme la plus grande & la plus
merveilleuſe Analogie, c'eſt que les Fœ-
lus des Plantes ſe nourriſſent, comme
Mr. Monroo l'a prouvé, ſuivant un mé-
lange du Mécaniſme des Ovipares &
des Vivipares. C'en eſt aſſez ſur l'Ana

logie

logie des deux Régnes ; il feroit tems
de paffer à la différence qu'ils nous of-
frent ; mais auparavant je fuis tenté de
fuivre une idée fingulière qui m'eft ve-
nuë, c'eft de réduire toute cette Doctrine
en une Formule, où je décris l' Homme
comme fi c'etoit une Plante, & celà fuivant la Méthode de Linœus.

La voici en Latin, parceque les ter-
mes de l'Art n'ont point encore paffé
dans notre langue, qui dailleurs eft fort
délicate fur certains objets.

Defcrip-

Description Botanique
de l'homme.

Class.   Dieciæ.
Ord. Monandria. Monogynia.
Gen.   Homo.
          Nosce te ipsum.

Mas

Fœmina.

CALIX. Perianthium (1) imbricatum, cam-
  paniforme, multis Cyrrhis, linteis &
  Ornamentis decorum : deciduum omni nocte.

COROLL. Petala quatuor, Superiora duo
  & inferiora, longa, rotunda, tribus
  articulis divisa, ultimo quinquefido.

Nectarium duplex, rotundo-globosum,
  tenerum, niveum, tactu suavissimum;

              B 3   aliquando

(1) Voiez Gesner dans ses Com-
mentaires sur les Elèmens de Botanique de Linæus.

aliquando fuscum, nauseosum, mole, colore, flacciditate horridum; cylindrulo parvo papilliformi lacteo, areolâ pulchrè rubescente cincto, in medio sui gaudens: ad basin utriusque Petali positum.

PISTILL. Germen Pyriforme.

Stylus unicus concavus, internè rugosus, membranaceus, quatuor ad sex pollicum latitudinem longus.

Stygma oblongum, in medio fissum, interne subrubellum, externe molle, tenerum, lanugine crispâ circumdatum, odorem Hyperici fragrantem exhalans.

PERICARP. Capsula ovalis unilocularis.

SEMEN. Unicum, sœpe duplex, raro triplex &c.

OBS. Essentia consistit in Nectario & Pistillo.   NOT.

Nᴏᴛ. *Variant Species, prout differt lo-*
cus natalis (2).

Ie paſſe à la Seconde Partie de cet
Ouvrage, ou à la différence des deux
Règnes.

La Plante eſt enracinée dans la Terre qui la nourrit, elle n'a aucun bèſoin,
elle ſe féconde elle même, elle n'a point
la Faculté de ſe mouvoir ; enfin on l'a
regardée comme un Animal immobile,
qui, cependant manque d' Intelligence
& même de Sentiment.

Quoique l' Animal ſoit une Plante
mobile, on peut le conſiderer comme
un Etre d' une leſpèce bien différente,
car non ſeulement il a la Puiſſance de
ſe mouvoir, & le mouvement lui coute

ſi

- (2) *V.* Venus Phyſique. Diſ-
ſertation ſur les Noirs.

fi peu, qu'il influe fur la *Saineté* des Organes dont il dépend, mais il fent, il penfe, & peut fatisfaire cette foule de béfoins dont il eft affiègé.

Les raifons de ces variétés fe trouvent dans ces variétés mêmes avec les Loix que je vais dire.

Plus un Corps organifé a de béfoins, plus la Nature Lui a donné de moyens pour les fatisfaire. Ces moyens font les divres dégrés de cette Sagacité connüe fous le nom d'Inftinct dans les Animaux, & d'Ame dans l'Homme.

Moins un Corps organifé a de néceffités, moins il eft dificile à nourrir & à élever, plus fon Partage d'Intelligence été mince.

Les Etres fans béfoins, font auffi

fans

ſans Esprit : dernière Loi qui s'enſuit des deux autres.

L'Enfant collé au Téton de ſa Nourrice qu'il tête ſans ceſſe, donne une juſte idée de la Plante. Nouriſſon de la Terre, elle n'en quitte le Sein qu' à la Mort. Tant que la Vie dure, la Plante eſt identifiée avec la Terre, leurs Visceres ſe confondent & ne ſe ſéparent que par force. De la point d'embaras, point d'inquiétude pour a-voir de quoi vivre ; par conſèquent point de béſoins de ce coté.

Les Plantes ſont encore l'amour ſans peine, car ou elles portent en ſoi le double Inſtrument de la Génération, & ſont les ſeuls Hermaprodites qui puiſſent s'engroſſer eux mêmes, ou ſi

B 5

dans

dans (a) chaque Fleur les Sèxes font féparés, il fuffit que les Fleurs ne foient pas trop éloignées les unes des autres pour qu'elles puiffent fe mêler enfemble. Quelquefois même le Congrés fe fait, quoique de loln, & même de fort loin. Le Palmier de Pontanus n'eft pas le feul Exemple d'Arbres fécondés à une grande diftance. On fait de puis longtems que ce font les Vents, ces Meffagers de l'Amour Végétal, qui portent aux Plantes fémelles le Sperme des mâles. Ce n'eft point en plein Vent que les nôtres courent ordinairement de pareils risques.

La Terre n'eft pas feulement la Nour-

(a) *Lisèz ce que je dis* de la Botanique, *dans mon* Ouvrage de Pénélope.

Nourrice des Plantes, elle en eſt en quelque ſorte l'Ouvrière; non conтente de les allaiter, elle les habille. Des mêmes ſucs qui les nourriſſent, elle fait filer des habits qui les enveloppent. C'eſt le *Corolle*, dont j'ai parlé, & qui eſt orné des plus belles couleurs. L'Homme & ſur tout la Femme ont le leur en habits & en divers ornemens, durant le jour: car la nuit ce ſont des Fleurs preſque ſans Enveloppe.

Quelle différence des Plantes de notre Eſpèce, à celles qui couvrent la ſurface de la Terre! Rivales des Aſtres, elles forment le brillant émail des Prairies; mais elles n'ont ni peines, ni plaiſirs. Que tout eſt bien compenſé! Elles meurent comme elles vivent, ſans le ſentir. Il n'etoit pas juſte que qui vit fans plaifir, mourût avec peine.

Non Seulement les Plantes n'ont point d'Ame, mais cette Subftançe leur étoit inutile. N'ayant aucune des néceffités de la Vie Animale, aucune forte d'inquiètude, nuls foins, nul pas à faire, nuls défirs, toute ombre d'Intelligence leur eût été auffi fuperflüe, que la Lumière à un Aveugle. Au défaut de Preuves Philofophiques, cette raifon jointe à nos Sens, dépofe donc contre l'Ame des Végétaux.

L'Inftinct a été encore plus légitimement refufé à tous les corps fixement attachés aux Rochers, aux Vaiffeaux, ou qui fe forment dans les Entrailles de la Terre.

Peut être la formation des Minéraux fe fait-elle, fuivant les Loix de l'

Attraction

Attraction, en forte que le Fer n'attire jamais l'Or, ni l'Or le Fer, que toutes les Parties hétérogènes fe repouffent, & que les feules homogènes f'uniffent, ou font un Corps entr'elles. Mais fans rien décider dans une obfcurité commune à toutes les Générations; parceque j'ignore comment fe fabriquent les Foffiles, faudra t'il invoquer, ou plûtôt fuppofer une Ame, pour expliquer la formation de ces Corps? Il feroit beau (fur tout après en avoir dépouillé des Etres Organifés, où fe trouvent autant de Vaiffeaux que dans l'Homme,) il feroit beau, dis-je, d'en vouloir rêvetir des Corps d'une Structure fimple, groffière & compacte.

Imaginations, Chimerès Antiques, que toutes ces Ames prodiguées à tous les Règnes! & Sottifes aux Modernes

qui

qui ont essaié de les rallumer d'un souffle subtil! Laissons leurs noms & leurs Mânes en Paix; le Galien des Allemands, Sennert, seroit trop mal-traité.

Ie regarde tout ce qu'ils ont dit comme des jeux Philosophiques & des Bagatelles qui n'ont de mérite que la difficulté, *difficiles nugæ.* Fautil avoir une Ame pour expliquer la croissance des Plantes, infiniment plus prompte que celle des Pierres ? Et dans la Végétation de tous les Corps, depuis le plus mol, jusqu'au plus dur, tout ne dépend il pas des Sucs Nourriciers plus ou moins terrestres, & appliqués avec divers dégrés de force à des Masses plus ou moins dures? Par là en effet je vois

qu'un

qu'un Rocher doit moins croître en cent Ans, qu'une Plante en 8. jours.

Au reste il faut pardonner aux Anciens leurs Ames Générales & Particulières; Ils n'étoient point versés dans la Structure & l'Organisation des Corps, faute de Physique Expérimentale & d'Anatomie. Tout devoit être aussi incompréhensible pour eux, que pour ces Enfans, ou ces Sauvages, qui, voyant pour la prémière fois une Montre, dont ils ne connoissent pas les ressorts, la croyent animée ou douée d'une Ame comme eux, tandis qu'il suffit de jetter les yeux sur l'Artifice de cette Machine, Artifice simple, & qui suppose véritablement, non une Ame qui lui appartienne en propre, mais celle d'un Ouvrier Intelligent, sans lequel jamais le

Hazard

Hazard n'eût marqué les Heures & les Cours du Soleil.

Nous beaucoup plus éclairés par la Physique, qui nous montre qu'il n'y a point d'autre Ame du Monde que Dieu & le mouvement; d'autre Ame des Plantes, que la Chaleur; plus éclairés par l'Anatomie, dont le Scalpel s'est aussi heureusement exercé sur elles, que sur Nous & les Animaux; Enfin plus instruits par les Observations Microscopiques qui nous ont découvert la Génération des Plantes, nos Yeux ne pleuvent s'ouvrir, au grand jour de tant de Découvertes, sans voir, malgré la grande Analogie exposée ci devant, que l'Homme & la Plante diffèrent peut être encore plus entr'eux, qu'ils ne se ressemblent. En effet l'Homme est celui

de

de tous les Etres connus jusqu'à prè-
fent, qui a le plus d'Ame, comme il
etoit nè eſſaire que celà fut, & la Plante celui de tous auſſi, ſi ce n'eſt les Minéraux, qui en a, & en devoit avoir le
moins. La belle Ame aprés tout qui ne
s'occupant d'aucuns Objets, d'aucuns
Déſirs, ſans Paſſions, ſans Vices, ſans Ver-
tus, ſur tout ſans Beſoins ne ſeroit pas
même chargée du ſoin de pourvoir à
la nourriture de ſon Corps.

Après les Végétaux & les Miné-
reux, Corps ſans Ame, viennent les E-
tres qui commencent à s'animer, tels
ſont le Polype, & toutes les Plantes A-
nimales Inconnuës jusqu'à ce jour, &
que d'autres heureux Trembleys décou-
vriront avec le tems.

Plus les Corps dont je parle tien-
dront

dront de la Nature Végétale, moins ils auront d'Inftinct, moins leurs Opérations fuppoferont de Difcernement.

Plus ils participeront de l'Animalité, ou feront des Fonctions femblables aux nôtres, plus ils feront généreufement pourvûs de ce Don précieux. Ces Etres mitoyens ou mixtes, que j'appelle ainfi, par ce qu'ils font Enfans des deux Règnes, auront en un mot d'autant plus d'intelligence, qu'ils feront obligés de fe donner de plus grands Mouvemens pour trouver leur fubfiftance.

Le dernier, ou le plus vil des Animaux, fuccéde ici à la plus fpirituelle des Plantes Animales ; J'entens celui qui de tous les véritables Etres de cette Efpèce, fe donne le moins de mouve-

mens

ment ou de peine pour trouver ſes Ali-
ment & ſa Femelle, mais toujours un
peu plus que la prémière Plante Animale. Cet Animal aura plus d'inſtinct
qu'elle, quand ce Surplus de Mouvement
ne ſeroit que de l'épaiſſeur d'un Che-
veu. Il en eſt de même de tous les
autres, à proportion des inquiètudes
qui les tourmentent ; car, ſans cette Intelligence rélative aux béſoins, celui - ci
ne pourroit allonger le cou, celui - là
ramper, l'autre baiſſer ou lever la tête, voler, nager, marcher, & celà viſi-
blement exprès pour trouver ſa nourriture. Ainſi, faute d'aptitude à réparer
les pertes que font ſans ceſſe les Bêtes
qui tranſpirent le moins, chaque Indi-
vidu ne pourroit continuer de vivre;
il périroit à meſure qu'il ſeroit produit,

&

& par conséquent les Corps le seroient vainement, si Dieu ne leur eut donné à tous, pour ainsi dire, cette Portion de lui même, que Virgile exalte si magnifiquement dans les Abeilles.

Rien de plus charmant que cette Contemplation, elle a pour objet cette Echelle si imperceptiblement graduèe, qu'on voit la Nature exactement passer par tous ses degrés, sans jamais sauter en quelque sorte un seul Echellon dans toutes ses productions diverses. Quel Tableau nous offre le Spectacle de l'Univers! Tout y est parfaitement assorti, rien n'y tranche; si l'on passe du Blanc-au Noir, c'est par une infinité de nüances ou de dégrés qui rendent ce passage infiniment agréable.

L Homme & la Plante forment le blanc

blanc & le noir ; les Quadrupèdes, les Oiseaux, les Poiſſons, les Inſectes, les Amphibies nous montrent les couleurs qui adouciſſent ce frappant contraſte. Sans ces couleurs, ſans les Opérations Animales, toutes différentes entr'elles, que je veux déſigner ſous ce nom ; l'Homme, ce ſuperbe Animal, fait de boüe comme les autres, eût crû être un Dieu ſur la Terre, & n'eût adoré que lui.

Il n'y a point d'Animal ſi chétif & ſi vil en apparence, dont la vûë ne diminuë l'Amour propre d'un Philoſophe. Si le Hazard nous a placés au haut de l'Echelle, ſongeons qu'un rien de plus ou de moins dans le Cerveau, où eſt l'Ame de tous les Hommes (excépté des Leibnitziens) peut ſur le champ

nous

nous précipiter au bas, & ne méprisons point des Etres qui ont la même Origine que nous. Ils ne sont à la vèrité qu'au second rang, mais ils y sont plus Stables & plus Fermes.

Descendons de L'Homme le plus Spirituel, au plus vil des Végétaux & même de Fossiles; remontons du dernier de ces Corps au prémier des Génies, embrassant ainsi tout le Cercle des Règnes, nous admirerons par tout cette uniforme varieté de la Nature. L'Esprit finit il ici? Là on le voit prêt à s'éteindre, c'est un feu qui manque d'alimens; ailleurs il se r'allume; il brille chez nous, il est le Guide des Animaux.

Il y auroit à placer ici un curieux Morceau d'Histoire Naturelle pour démontrer que l'Intelligence a été donnée

à tous

à tous les Animaux en raison de leurs
besoins ; mais à quoi bon tant d'Ex-
emples & de Faits ? Ils nous surchar-
geroient sans augmenter nos lumières,
& ces Faits d'ailleurs se trouvent dans
les Livres de ces Observateurs infati-
gables, que j'ose appeller le plus souvent les Manœuvres des Philosophes.

S'amuse qui voudra à nous ennu-
ier de toutes les Merveilles de la Nature ;
que l'un passe sa Vie à Observer les Jnse-
ctes ; l'autre à compter les petits Osselets
de la Membrane de l'Quïe de certains
Poissons ; à mesurer même, si l'on veut,
à quelle distance peut sauter une Puce,
pour passer sous silence tant d'autres
misérables objets ; pour moi qui ne suis curieux que de Philosophie, qui ne
suis faché que de ne pouvoir en éten-

dre

dre les bornes, la Nature Active fera toujours mon feul point de vûë. J'aime à la voir au loin, en grand, comme en général & non en particulier, ou en petits détails, qui quoique néceffaires jufqu'a un certain point dans-tontes les Siences, communément font la marque du peu de génie de ceux qui s'y livrent. C'eft par cette feule maniére d'envifager les chofes, qu'on peut s'affurer que l'Homme non feulement n'eft point entièrement une Plante, mais n'eft pas même un Animal comme un autre. Faut il en repèter la raifon ? C'eft qu'ayant infiniment plus de bèfoins, il falloit qu'il eût infiniment plus d'Efprit.

Qui eût crû qu'une fi trifte Caufe eût produit de fi grands effets ? Qui eût

eût crû qu'un auſſi fâcheux aſſujétiſſe-
ment à toutes ces importunes néceſſités
de la Vie, qui nous rappellent à chaque
inſtant la miſère de notre Origine & de
notre Condition, qui eût crû, dis je, qu'un
tel principe eût été la ſource de notre
bonheur, & de notre dignité ; diſons
plus, de la Volupté même de l'Eſprit,
ſi ſupèrieure à celle du Corps ? Certainement ſi nos beſoins, comme on
n'en peut douter, ſont une ſuite néceſſa-
ire de la Structure de nos Organes, il
n'eſt pas moins évident que notre Ame
dépend immédiatement de nos beſoins,
qu'elle eſt ſi alerte à ſatisfaire, & à prévenir, que rien ne va devant eux. Il faut
que la Volonté même leur obéiſſe. On
peut donc dire que notre Ame prend
de la force & de la ſagacité, à proporti-

on

on de leur multitude, semblable à un Général d'Armée qui se montre d'autant plus habile & d'autant plus vaillant, qu'il à plus d'Ennemis à combattre.

Ie sai que le Singe ressemble à l'Homme par bien d'autres choses que les Dens; l'Anatomie comparée en fait foi : quoiqu'elles ayent suffi à Linæus pour mettre l'Homme au rang des Quadrupèdes (à la têté á la vèrité). Mais quelle que soit la docilité de cet Animal, le plus Spirituel d'entr'eux, l'Homme montre beaucoup plus de facilité à s'instruire. On a raison de vanter l'excellence des Opérations des Animaux, elles méritoient d'être rapprochées de celles de l'Homme; Des-Cartes leur avoit fait tort, & il avoit ses raisons pour cela; mais quoiqu'on en dise,

&

& quelques prodiges qu'on en raconte, ils ne portent point d'atteinte à la Prééminence de notre Ame; elle est bien certainement de la même pâte & de la même fabrique; mais non, ni à beaucoup près de la même qualité. C'est par cette qualité si supèrieure de l'Ame humaine, par ce surplus de lumières qui résulte visiblement de l'Organisation, que l'Homme est le Roi des Animaux, qu'il est le seul propre à la Société, dont son industrie a inventé les Langues, & sa Sagesse, les Loix & les Mœurs.

Il me reste à prévenir une Objection qu'on pourroit me faire. Si votre Principe, me dira-t-on, étoit généralement vrai, si les besoins des Corps étoient la mesure de leur Esprit, pourquoi jusqu'à un certain âge, où l'Homme a

plus

de befoins que jamais, parcequ'il croît d'autant plus, qu'il eſt plus près de ſon origine, pourquoi a t'il alors ſi peu d'Inſtinct, que ſans mille ſoins continuels, il périroit infailliblement, tandisque les Animaux à peine éclos, montrent tant de ſagacité, eux qui, dans l'hypotèſe même, comme dans la vérité, ont ſi peu de befoins.

On fera peu de cas de cet Argument, ſi l'on conſidère que les Animaux venant au monde, ont déja paſſé dans la Matrice un long tems de leur courte Vie, & de là vient qu'ils ſont ſi formés, qu'un Agneau d'un jour, par exemple, court dans les Prairies, et broute l'herbe, comme Père & Mère.

L'Etat de l'Homme - fœtus eſt proportionnellement moins long ; il ne

paſſe

dans la Matrice qu' $\frac{1}{125}$ possible de la longue vie; or n'étant pas assés formé, il ne peut penser, il faut que les Orgânes ayent eû le tems de se durcir, d'acquérir cette force qui doit produire la lumière de l'Instinct, par la même raison qu'il ne sort point d'étincelles d'un Caillou, s'il n'est dur. L'Homme né de (a) parens plus nus, plus nu,

C 3

plus

(a) - - - - *Puer, ut sævis projectus*
ab undis

Navita, nudus humi jacet, infans, in-
digus omni,

Vitaï auxilio, cum primum in lumi-
nis oras

Nixibus ex alvo matris Natura pro-
fudit :

Va-

plus délicat lui même que l'Animal, ne peut avoir si vîte son Intelligence : tardive dans l'un, il est juste qu'elle soit précoce dans l'autre ; il n'y perd rien pour attendre, la Nature l'en dédommage avec usure, en lui donnant des Organes plus mobiles & plus déliés.

Pour former un Discernement, tel que

Vagituque locum lugubri complet, ut æquum est
Cui tantum in vita restet transire malorum !

Lucr. L. V. Rousseau *dans son* Miroir de la Vie *a imité cette pensée, qui est ici presentée avec une Vivacité de sentiment, qui lui donne une toute autre force.*

que le nôtre, il falloit donc plus de tems que la Nature n'en emploie à la Fabrique de celui des Animaux; il falloit paſſer par l'Enfance, pour arriver à la Raiſon, il falloit avoir les déſagrémens & les peines de l'Animalité, pour en retirer les avantages qui caractèriſent l'Homme.

Tantæ molis erat humanam condere mentem!

L'Inſtinct des Bêtes donné à l'Homme naiſſant n'eût point ſuffi à toutes les infirmités qui aſſiègent ſon Berceau. Toutes leurs Ruſes ſuccomberoient ici. Donnez réciproquement à l'Enfant le ſeul Inſtinct des Animaux qui en ont le plus, il ne pourra ſeulement pas lier ſon Cordon Ombilical, encore moins chercher le Téton de ſa

Nour-

Nourrice. Donnez aux Animaux nos prémières incommodités, il y périront tous.

I'ay envisagé l'Ame, comme faisant partie de l'Histoire Naturelle des Corps animés, mais je n'ai garde de donner la différence graduée de l'une à l'autre, pour aussi nouvelle, que les raisons de cette gradation. Car combien de Philosophes & de Théologiens mêmes ont donné une Ame aux Animaux; de sorte que l'Ame de l'Homme, selon un (1) Ministre d'Amsterdam

(1) *M.* Boullier. Traité de l'Ame des Bêtes. *Il est vrai que plusieurs l'ont raillé par rapport à certaine particularité de son Opinion,*

dam fort éclairé, qui a écrit de nos
jours ſur ce ſujet, n'eſt à l'Ame des
Bêtes, que ce que celle des Anges eſt à
celle de l'Homme, & Dieu aux Anges.
Tant il eſt vrai qu'on ne peut ſe refu-
ſer à une Vèrité, dont la Nature nous
retrace partout la curieuſe image!

nion, & entr'autres le célébre
M. d'Argens qui dit plai-
ſamment, que "par une bontè qu'-
" on ne ſauroit aſſez louèr & dont
" toutes les Bêtes ne ſauroient aſſez
" le remercier, il leur a accordé
" une Ame ſpirituelle & a réparé
" amplement le tort que Des-Car-
" tes leur avoit fait : qu'il reſte
" encore une choſe à faire a Mr.
" Boul-

„ Boullier, *puis qu'il spiritualise*
„ *si aisément la matière, c'est d'a-*
„ *voir pitié des pauvres Plantes - -*
„ *Je souhaite, poursuit-il, qu'il se*
„ *sente ému pour les Fleurs par cet-*
„ *te tendre Bonté, qu'il a eüe pour*
„ *les Automates de Des-Cartes.*"
Peut-on mieux inviter un Moderne
à ressusciter les Sottises des Anci-
ens? M. *Boullier au reste n'a pas*
donné dans un Ecueil nouveau;
il faut que tous les Spiritualistes
échoüent au même.